1896. Avril. 20

Vente du Lundi 20 Avril 1896

A TROIS HEURES

HOTEL DROUOT — SALLE N° 7

TABLEAUX ANCIENS

PAR

Crome, Kessel (Van), Michel

Mirevelt, Van der Neer, Poussin (Nicolas), Pynacker

Steen, Vallin, Weenyx

UNE IMPORTANTE VUE DE PARIS

" Le Pont Neuf sous Louis XIV "

ATTRIBUÉE A VAN DER MEULEN

EXPOSITION PUBLIQUE

Le Dimanche 19 Avril 1896

DE DEUX HEURES A SIX HEURES

COMMISSAIRE-PRISEUR	EXPERT
Mᵉ G. BOULLAND	**M. Georges SORTAIS**
	Artiste Peintre
Rue des Petits-Champs, 26	Rue Mogador, n° 4

PARIS — 1896

IMPRIMERIE MAULDE ET RENOU

MAULDE, DOUMENC & Cie

IMPRIMEURS DE LA COMPAGNIE DES COMMISSAIRES-PRISEURS

Rue de Rivoli, 144

CATALOGUE

DE

TABLEAUX ANCIENS

PAR

Crome, Kessel (Van), Michel

Mirevelt, Van der Neer, Poussin (Nicolas), Pynacker

Steen, Vallin, Weenyx

UNE IMPORTANTE VUE DE PARIS

" Le Pont Neuf sous Louis XIV "

ATTRIBUÉE A VAN DER MEULEN

DONT LA VENTE AURA LIEU

HOTEL DROUOT, SALLE N° 7

Le Lundi 20 Avril 1896, à 3 heures

COMMISSAIRE-PRISEUR	EXPERT
Mᵉ G. BOULLAND	**M. Georges SORTAIS**
	Artiste Peintre
Rue des Petits-Champs, 26	Rue Mogador, n° 4

EXPOSITION PUBLIQUE

Le Dimanche 19 Avril 1896, de 2 heures à 6 heures

PARIS — 1896

CONDITIONS DE LA VENTE

—

Elle se fera au comptant.

Les Acquéreurs paieront CINQ POUR CENT en sus des adjudications.

L'Exposition mettant le public à même de se rendre compte de l'état des objets, il ne sera admis aucune réclamation, l'adjudication prononcée.

MAULDE, DOUMENC et Cⁱᵉ, imprimeurs de la Cⁱᵉ des Commissaires-Priseurs, rue de Rivoli, 144.   300—57957

Désignation

TABLEAUX ANCIENS

VAN DER MEULEN (Attribué à)

1 — Vue du Pont-Neuf.

Nous avons là une représentation du terre-plein où s'élève la statue équestre du roi Henri IV, devant laquelle nous assistons au défilé du cortège royal, traversant le pont dans un carrosse attelé de six chevaux blancs précédé par des coureurs, deux hérauts et un timbalier. derrière le carrosse. une escorte composée de nombreux cavaliers portant de riches costumes, d'autres carrosses viennent ensuite, le pont est semé de boutiques volantes où l'on distingue des écrivains publics et marchands de toutes sortes, puis des groupes de très nombreux personnages : gentilshommes, soldats, bourgeois et marchands ; à droite, le Palais du Louvre au pied duquel sont amarrés des chalands ; sur la rive gauche, devant la Bibliothèque Mazarine, une foule de débardeurs travaille au déchargement des bateaux, dans l'axe des Tuileries et de la rue du Bac un pont de bois relie les deux rives et à l'arrière-plan, on voit des jardins et habitations qui se perdent à l'endroit des Champs-Élysées.

Cette importante composition, exécutée avec beaucoup d'habileté et d'esprit, est un très intéressant document, à tous les points de vue.

Toile : H. 0^{m}8o; L. 1^{m}6o.

CANALETTO (Attribué à)

2 — Vue du grand Canal.

> Des gondoliers conduisent leurs embarcations à travers les eaux, à l'arrière-plan, des édifices se dressent sur le quai, puis sur la droite le parc.
>
> Toile : H. 0m32 ; L. 0m42.

CANALETTO (Attribué à)

3 — Autre vue du grand Canal.

> Des gondoliers conduisent également leurs embarcations.
>
> Toile : H. 0m46 ; L. 0m32.

CHATELET

4 — Un Groupe de personnages assis sur l'herbe, entoure un artiste qui dessine le paysage au travers duquel on aperçoit un cours d'eau baignant une chaine de montagne.

CROME (John)

5 — Paysage.

> De grands arbres au premier plan, dans le lointain à gauche, une chaumière à toit rouge se détache sur un fond de collines.
>
> Bois : H. 0m36 ; L. 0m46.

DIEPENBECK (Attribué à Van)

6 — La Mise au tombeau.

> Les saintes femmes, aidées de Simon le pharisien, ensevelissent le Christ et vont le déposer dans le tombeau.

DYCK (École de Van)

7 — Portrait équestre d'un Guerrier.

Vu de profil à cheval, la tête tournée vers le spectateur, il porte une armure noire, le corps ceint d'une écharpe rouge, il tient dans la main droite le bâton du commandement, derrière son cheval un soldat apporte le casque de son chef, à l'arrière-plan, en contre-bas, une troupe armée attend l'arme au pied.

Bois : H. 0ᵐ53 ; L. 0ᵐ40.

DYCK (École de Van)

8 — Portrait d'un Seigneur.

Vu de trois quarts vers la droite, il est vêtu d'un pourpoint vert foncé surmonté d'une collerette, il porte une chaîne d'or de commandeur.
Cadre en ébène.

Toile : H. 0ᵐ50 ; L. 0ᵐ42.

GARNEREY

9 — Fête navale.

Guerriers dans des chaloupes conduits à bord de vaisseaux de guerre tirant des bordées.

GOYEN (Van) (?)

10 — Marine.

Voiliers groupés autour d'une épave de galère désemparée.

Bois : H. 0ᵐ28 ; L. 0ᵐ42.

GUÉRIN

11 — Serment.

Esquisse.

KESSEL (Jean Van)

12 — Poissons gisant sur le rivage, plus loin, des
pêcheurs dans une barque traversant une rivière qui
coule au pied d'un village.

Signé au bas à gauche.

Cuivre : H. 0^{m}20 ; L. 0^{m}26.

LA HYRE (L. De)

13 — La Présentation au Temple.

Signée en toutes lettres et datée sur les marches, dans
le milieu.

MICHEL (G.)

14 — Vue d'un Moulin perché sur un tertre.

MIERIS

15 — Mercure prédit un heureux sort à Bacchus que
Vénus tient dans ses bras, en présence de son père
Silène couché sur un tertre ; à leurs pieds, des em-
blèmes bachiques, dans le fond à gauche, une femme
trait une chèvre entourée de vaches.

Toile : H. 0^{m}46; L. 0^{m}36.

MIREVELT (Michel)

16 — Portrait de Femme.

De trois quarts vers la gauche du spectateur, elle est
coiffée d'un béguin de velours noir orné de tulle blanc

et vêtue d'un corsage en satin noir à bandes de four-
rures surmonté d'une fraise.
Belle peinture.
Cadre Louis XV en bois sculpté.

Bois : H. 0^m47 ; L. 0^m40.

NEER (Van der)

17 — Paysage ; effet de lune.

Au premier plan, à gauche, un batelier ramant ; sur
la droite, des villageois se tiennent au bord de l'eau ;
on distingue des maisons s'élevant sur les deux rives ;
et, dans le lointain, un moulin et des voiliers sont
éclairés par la lune qui se reflète dans les eaux.
Signé du monogramme au bas, à droite.

Bois : H. 0^m62 ; L. 0^m48.

NETSCHER (Attribué à Constantin)

18 — Portrait d'un guerrier.

Vu presque de face, à gauche, la tête tournée vers la
droite. Il porte une longue perruque, et est revêtu d'une
armure, recouvrant un habit à broderies d'or ; il s'appuie
de la main gauche sur une table où est posé son casque
à panache blanc, se détachant sur un fond de draperies
rouges ; à l'arrière-plan, un fond de paysage.
Cadre Louis XIV, bois sculpté.

H. 0^m48 ; L. 0^m40.

NETSCHER (Constantin)

19 — Portrait d'un gentilhomme.

Vu de face, costumé de brun et enveloppé d'une draperie de soie bleue ; le coude droit repose sur un enta-
blement de pierre sculptée ; à gauche du spectateur, un
fond de draperie sombre se détachant sur un jardin
orné de statues.

Toile : H. 0^m52 ; L. 0^m44.

PORBUS (École de François, dit Le Jeune)

20 — La Bataille d'Arques.

> Le roi Henri IV, à la tête de ses troupes, suivi de ses officiers, de Biron et Givry, fond sur les forces du duc de Mayenne qu'il taille en pièces.
> Cadre ancien.
>
> Bois : H. 0m51 ; L. 0m65.

POUSSIN (Nicolas)

21 — La Dispute des Sacrements.

> Esquisse.
> Collection Bürger.

PYNACKER

22 — Paysage.

> Un muletier s'avance conduisant un mulet par la bride; entre des bouquets d'arbres, au bord d'un cours d'eau coulant au pied d'une chaîne de montagnes; à gauche, on distingue un troupeau de bœufs et de chèvres.
>
> Toile : H. 0m44 ; L. 0m58.

RICCI

23 — L'Adoration des Mages.

> Jolie esquisse.
>
> Bois : H. 0m38 ; L. 0m28.

ROBERT-HUBERT (École de)

24 — Bateliers debout, conduisant une barque aux pieds de grands arbres.

ROSA (Salvator)

25 — Marine.

> 1° Au pied d'un gros arbre masquant un portique en
> ruines, des bohémiens grouillent au bord des eaux
> bleues de la Méditerranée ; à droite, des guerriers se
> font mener dans une barque et vont rejoindre une galère
> amarrée à l'entrée d'un port ; à gauche, sur l'arrière-
> plan, des bateaux se détachent sur un horizon bleu ;
>
> 2° Au premier plan, à gauche, des pêcheurs se tiennent
> sur des rochers que battent les eaux d'un torrent
> s'échappant d'un site pittoresque.

SEGHERS (Daniel)

**26 — La Vierge, l'Enfant Jésus et Saint Jean, encadrés
dans une guirlande de fleurs.**

> Peinture sur cuivre.
> Cadre de bois noir orné de mascarons, arabesques,
> fronton : un aigle les ailes éployées.
>
> H. 0ᵐ24 ; L. 0ᵐ18.

STEEN (J.)

27 — Les Espiègles.

> Une jeune villageoise regarde en riant un chat qu'elle
> tient par les pattes de devant, pendant qu'un jeune
> garnement assis, à la face réjouie, lui pince la queue et
> le fait crier ; à gauche, un vieillard vient d'allumer sa
> pipe à un brandon qu'il tient à la main. Au fond, une
> chaumière à demi-cachée par un bouquet d'arbres.
> Signé du monogramme, à droite, sur le châssis.
>
> Bois : H. 0ᵐ37 ; L. 0ᵐ41.

VALLIN

28 — Une Bacchante.

VALLIN

29 — Paysage.

Au pied d'un rocher, un chasseur, son arc à la main,
se dirige vers un gibier qu'il a percé d'une flèche.
Signé au bas, à droite.

Toile : H. 0^m25 ; L. 0^m33.

WEENYX

30 — La Jérusalem délivrée.

Une servante offre des victuailles à Renaud et ses
compagnons.
Signé au bas, à droite.

Toile : H. 0^m55 ; L. 0^m44.

WYCK (Thomas)

31 — Vue d'Italie.

Un bourgeois, à demi-couché sur un sac et entouré de
bagages, discute le prix du transport avec un portefaix
vêtu à l'orientale ; au second plan, une maison derrière
laquelle se tiennent deux pêcheurs dans une barque, au
bord d'un rivage.

Toile : H. 0^m72 ; L. 1^m05.

ÉCOLE ANGLAISE (xviiie siècle)

32 — Portrait d'un Aveugle.

Vu de trois quarts vers la droite, le bras droit repo-
sant sur une table. Il porte un habit brun à manchettes
et jabot de dentelles, et est coiffé d'une perruque pou-
drée.
Peinture d'une belle harmonie.

Toile : H. 0^m75 ; L. 0^m65.

ÉCOLE ESPAGNOLE

33 — La Vierge aux Roses.

ÉCOLE HOLLANDAISE

34 — Buveurs dansant et chantant dans l'intérieur d'une
auberge.

ÉCOLE HOLLANDAISE

35 — Une Corporation.

> Important et très intéressant tableau dans la manière
> de Van der Helst.

36 — Quelques Peintures non cataloguées.

37 — Important lot de Cadres, bois sculptés et autres.
(Sera divisé.)

LANZIROTTI

38 — Portraits du Roi et de la Reine d'Italie.

> Deux bustes en marbre et leurs plâtres.